ISBN 978-2-211-07055-3
Première édition dans la collection « lutin poche » : juin 2003
© 2000, l'école des loisirs, Paris
Loi numéro 49 956 du 16 juillet 1949 sur les publications
destinées à la jeunesse : octobre 2000
Dépôt légal : juin 2008
Imprimé en France par Aubin Imprimeur à Poitiers

Grégoire Solotareff

OH! C'EST À QUI?

lutin poche de l'école des loisirs
11, rue de Sèvres, Paris 6ᵉ

Oh !
c'est
à qui ?

peut-être à

une grenouille.

et ça,
c'est à
qui ?

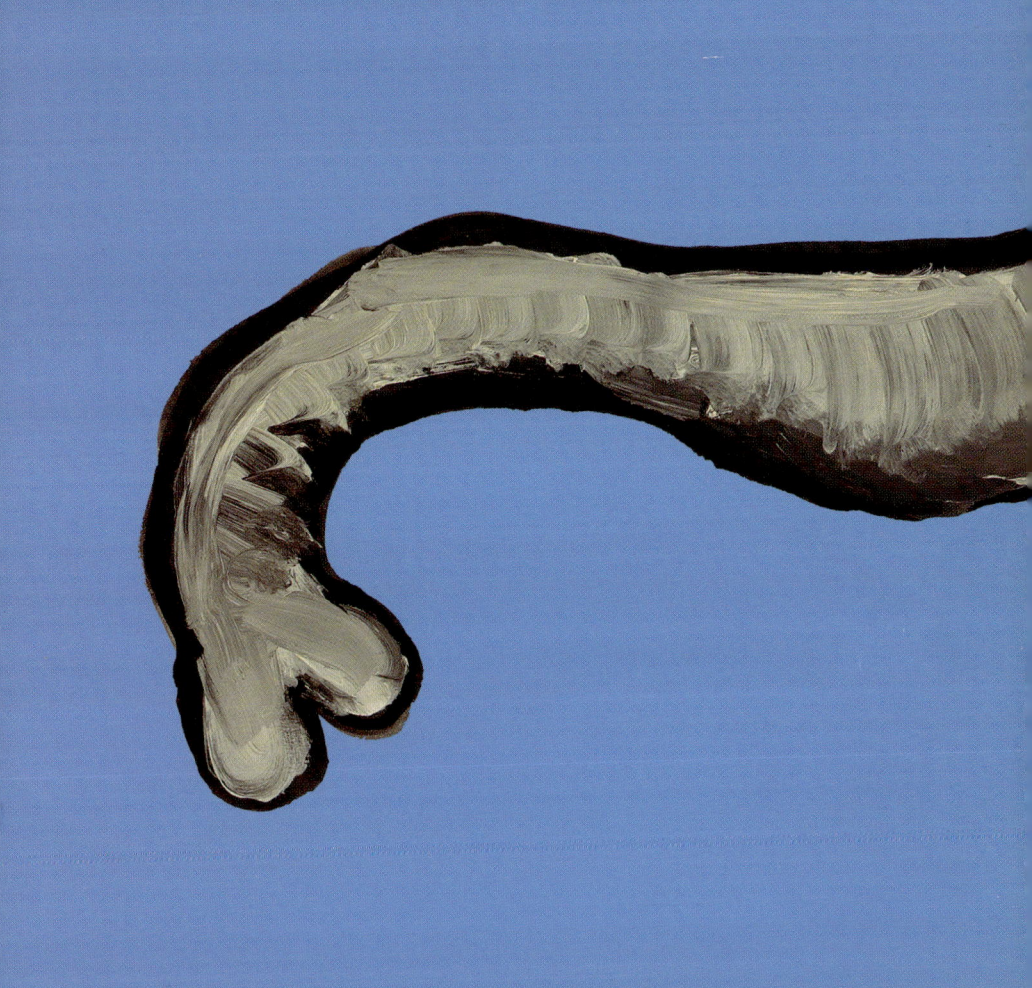

peut-être à

un éléphant.

Oh !
et ça ,
c'est à
qui ?

peut-être

(caché dans le li

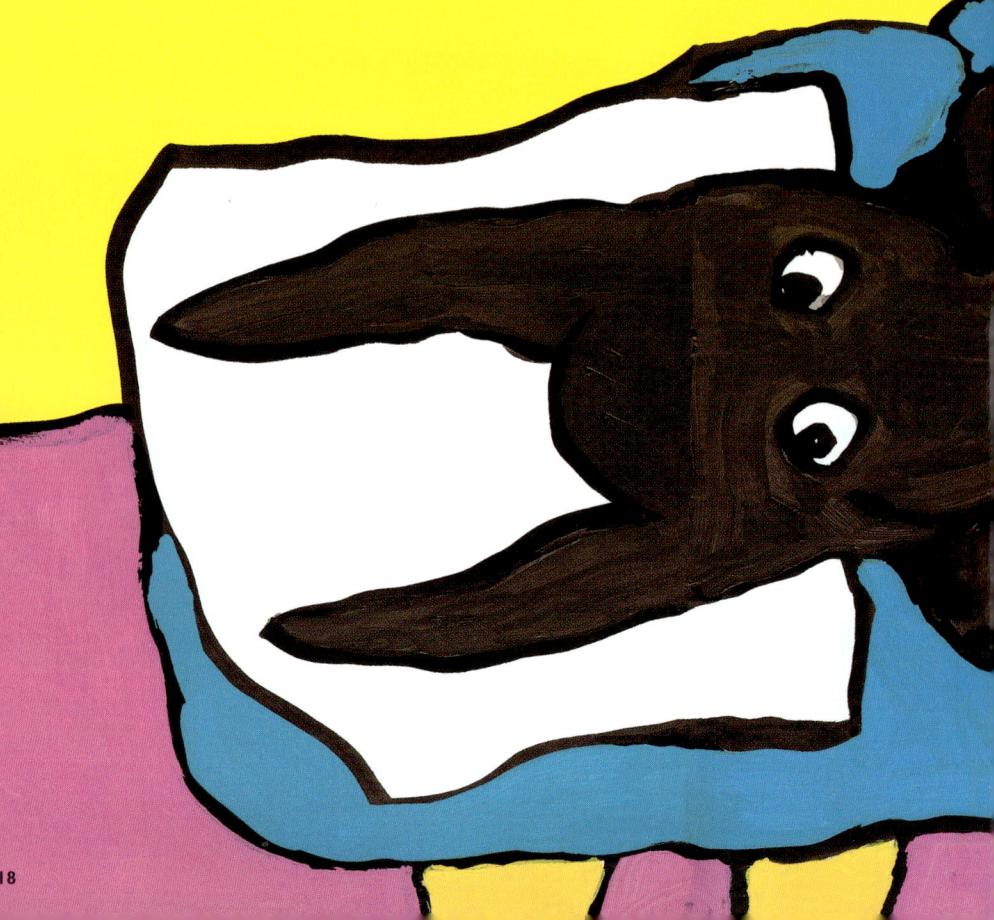

à un loup
(e grand-maman)!

19

et puis
ça,
c'est
à qui?

peut-être à

Eh bien non !
Pas du tout.
Tout ça, c'est
À MOI.